BUR
rizzoli

John Beer

Maledetti Promessi Sposi, era meglio se vi sposavate

I temi più esilaranti d'Italia

BUR
rizzoli

ISBN 978-88-17-02651-2

Sesta edizione BUR gennaio 2010

INTRODUZIONE

Per alcuni il famoso sbarco in Normandia ebbe luogo in Lombardia, per altri Marco Polo tornò ricco dalla Cina portando con sé un milione, per altri ancora il sangue è quel liquido rosso che scorre sotto la pelle.

Non si tratta di battute di spirito ma semplicemente delle fantasiose interpretazioni degli italici Pierini della storia e delle materie che ogni anno agguerritissimi docenti, ai primi di settembre, cercano di insegnare, quando entrano nelle classi di tutt'Italia decisi a distribuire "virtù e conoscenza".

Questo libro, che riunisce le più esilaranti performance degli studenti italiani degli anni Duemila, spulciate tra temi e compiti in classe, è un inno all'ignoranza o un elogio alla fantasia?

Perché, se da un lato un'indagine OCSE classifica lo studente italiano tra i più ignoranti d'Europa, dall'altro questa raccolta vuole valorizzare l'inventiva dei nostri scrittori, unici nel loro genere, per la capacità di reinterpretare la storia e le scienze, usando quella qualità che non s'impara né s'insegna, quella qualità che tutto il mondo ci invidia e che ci ha sempre permesso di restare a galla: la fantasia. Quella fantasia che si esercita sui banchi di scuola, giorno dopo giorno, per far fronte a domande e compiti in classe, l'arte dell'arrangiarsi che per gli italiani è risorsa inesauribile.

E poco importa se l'Illuminismo non è il periodo storico in cui l'Enel ha inventato la lampadina...

Vostro,
John Beer

Italiano

L'Iliade

L'Iliade è un poema topico istituito da Omero.

Omero era un cieco che sapeva scrivere e compose oltre all'Iliade anche l'Odissea.

L'Iliade è la guerra che i greci hanno fatto ai troiani che si erano fregati la moglie di Menelao.

Dura dieci secoli durante i quali i greci non riescono a conquistare la città per colpa degli Dei che si immischiano sempre nelle loro battaglie.

Il re di Troia è Ettore mentre il capo dei greci è Achille che è immortale ma non deve rompersi il tallone altrimenti muore.

Per sconfiggere i troiani i greci montano tutti dentro a un cavallo e una volta entrati in città fanno il finimondo. Si riprendono Elena e se ne tornano a casa dalle mogli che nel frattempo erano infuriate perché erano rimaste senza mariti.

L'unico che non torna è Achille perché purtroppo alla fine si era rotto il tallone.

L.M., 4ª ginnasio, Benevento

La Divina Commedia

La Divina Commedia è il più famoso libro scritto da Dante.

È stato iscritto in terzetti in una pergamena e tramandato ai posteri mediante la stampa.

Narra della vacanza di Dante nell'aldilà ed è diviso in quattro parti: la selva oscura, l'Inferno, il Paradiso e il Purgatorio.

Per sfuggire a una pantera Dante si rifugia nell'Inferno dove trova tutti i peccatori possibili e immaginabili. L'Inferno brucia costantemente e Dante è terrorizzato dai diavoli che puniscono gli infedeli. Penso che sia stato a suo agio solo nel girone delle prostitute perché ha conosciuto Cleopatra e la Gioconda. Dal momento che Dante odiava i Papi in Inferno li trova quasi tutti tranne San Pietro. Per fortuna trova una guida, Virgilio, e riesce a uscirne sano e salvo. Nel Purgatorio ci stanno i bambini appena nati mentre in Paradiso trova tutte le anime oneste. Virgilio non ci può entrare perché era un malfattore e allora la nuova guida diviene Beatrice che da giovane era stata la sua amante. Alla fine del Paradiso incontra Dio, Gesù e tutti i Santi che banchettano beati. A quel punto Dante si converte e la Divina Commedia finisce.

S.R., 4ª ginnasio, L'Aquila

Ugo Foscolo

Il Foscolo è un famoso scrittore italiano.

Nasce nel 1778 tra Zante e Zacinto, nel mare Mediterraneo.

Studiò tantissimo nella sua vita ma per vivere doveva fare delle poesie.

La più famosa è sicuramente "Alla sera" dove racconta con le rime quello che fa prima di andare a dormire. Ne ha vendute tantissime.

Oltre a scrivere fa anche il patriota e combatte per l'indipendenza della sua isola. Quando ci riesce scrive un'altra famosa poesia: "Zante".

Negli anni però le poesie vendono meno e si indebita con diverse banche così deve scappare a Londra per non essere pignorato.

Muore in un vicolo buio senza nessuno che si preoccupi di lui.

M.O., 1ª liceo classico, Milano

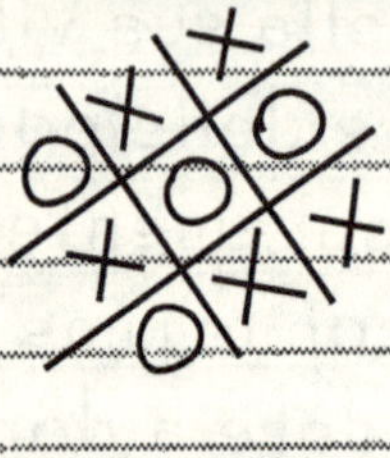

Giacomo Leopardi

Giacomo Leopardi è stato un poeta di fama mondiale.

Nacque a Recanati da un padre e una madre e passò tutta la vita in una cantina buia a studiare e scrivere.

Era molto brutto, gobbo e non lo voleva nessuno. Quindi non si faceva vedere in giro. Però si era innamorato di una ragazza, Silvia, che ovviamente con lui non ci stava.

Allora per disperazione le scrisse

una poesia che non è servita a nulla. Lui rimase in cantina e lei si sposò qualcun altro.

La caratteristica principale delle sue poesie è che sono lunghissime ed è difficile ricordarle, però sono molto amate.

Purtroppo stando sempre al buio e da solo e mangiando poco si prese un sacco di malattie e i suoi genitori lo mandarono a Napoli per non essere contagiati.

Qui morì a casa di un amico, vecchio e triste perché non aveva mai avuto una donna.

D.A., 3ª media, Milano

I promessi sposi

La più vera delle storie di Manzoni è quella che parla dei promessi sposi.

Si orienta su un braccio del lago di Como dove viveva l'avvocato Garbugli.

Ci sono due ragazzi che si chiamano Renzo il Tramaccino e Lucia Monella che cercano in tutti i modi di sposarsi ma Don abbondio non vuole perché ha paura di Don Rodrigo e si nasconde fra i vasi di coccio.

Allora Renzo per sposare sua moglie decide di andare con fra Cristoforo dalla Monaca di Monza per celebrare il matrimonio in gran segreto.

Nel frattempo arriva la peste che fa moltissime vittime e quando muoiono tutti compreso don Rodrigo e Don Abbondio che non era fatto più vivo i due innamorati possono finalmente sposarsi.

F.T., 4ª ginnasio, Roma

D'AnnunzioX

Gabriele D'Annunzio fu un profeta rinascimentale del '900. Era uno scrittore e un soldato coraggioso. Le sue poesie più famose sono molte, è impossibile ricordarle tutte. Odiava l'Austria con tutta la sua forza perché non lasciava la libertà di voto agli italiani. Oltretutto era un pilota e presto volò su Vienna per lanciare bandiere italiane e fazzoletti per far capire a tutti gli austriaci che l'Italia era libera.

Dopo la guerra fece un'altra impresa in aereo: marciò alla conquista dell'Istria che era stata venduta durante la guerra agli slavi.

Era un uomo strano, pieno di debiti ma faceva una vita da ricco. Si fece addirittura staccare una costola per stare più comodo a cavallo. Morì lavorando sulla sua scrivania, era molto vecchio e fece un colpo secco.

G.C., 5ª ginnasio, Latina

STORIA

I primitivi

Gli uomini primitivi derivano da Adamo ed Eva. Inizialmente erano più o meno delle scimmie e non sapevano nemmeno parlare. Poi si sono evolute.

L'uomo di Neanderthal è stata la specie umana con più successo di tutte.

Aveva infatti imparato a camminare in piedi e a usare un po' il cervello prima degli altri.

Oggi è rimasto solo un uomo di

Neanderthal che è una femmina, si chiama Lucy e vive in Africa.

Questa specie mangiava un po' di tutto ma soprattutto gli uomini erectus perché profumavano di scimmia.

Dopo molti anni agli uomini di Neanderthal si staccò la coda e diventarono uomini sapiens. Senza coda potevano finalmente usare il cervello e inventare la ruota, il fuoco e tutte quelle cose che servono per non vivere sotto i ponti.

I.P., 3ª media, Parma

Assiri e Babilonesi

Gli Assiri e i Bambilonesi sono i popoli che hanno fondato la storia del mondo.

Vivevano all'interno dell'Eufrate in un paese pieno di tigri e si combattevano per possedere i Sumeri.

I Bambilonesi erano governati dal re Nabucco che era famoso per costruire torri di Babele. Gli Assiri invece avevano diversi re e si preoccupavano solo di costruire barche e navicelle. Divennero ben presto gli unici pescatori del mondo.

Il più importante libro bambilonese è il Codice da Vinci che raccoglie tutte le lingue del mondo fino ad allora inventate. Era scritto in pietra su una montagna e si traduce tramite la scrittura cuneiforme. Quando queste popolazioni si estinsero apparvero gli egiziani e le piramidi.

T.R., 1ª liceo scientifico, Roma

Ulisse

Ulisse era il re dei traci.

Era figlio di Omero e aveva combattuto la guerra di Troia insieme ai greci.

Per vincere la guerra aveva nascosto tutti i greci nella pancia di un cavallo e nella notte si erano catapultati fuori facendo strage di troiani.

È diventato famoso perché non si ricordava più la strada per tornare a casa e girò il mondo per tanti anni.

Il nemico giurato di Ulisse era il Ciclope, il gigante con un viso solo.

Inseguiva Ulisse cercando di mangiarlo finché non si nascose tra le Sirene.

Quando finalmente tornò a casa trovò la sua isola invasa dai porci che mangiavano, bevevano e si facevano la moglie che nel tempo libero tesseva la lana.

Allora si alleò con il figlio e li spazzò via dal primo all'ultimo e si riprese il castello.

G.S., 4ª ginnasio, Genova

Alessandro Magno

Alessandro Magno è stato l'inventore della Macedonia.

È stato un grande soldato perché ha conquistato tutto il mondo antico e parte di quello moderno. Era figlio di Filippo II e di Achille e per questo veniva visto come un super eroe da tutti i greci che a quel tempo erano senza una divinità da adulare. Scelsero appunto Alessandro e lo chiamarono Magno perché era molto grande.

Era innamorato dell'India perché aveva saputo che esistevano le scimmie e fece di tutto per conquistarla. Il suo nemico principale si chiamava Perse e comandava gli iloti dell'Asia che non ne volevano sapere di fare gli schiavi dei greci. Il difetto principale di Alessandro Magno è che quando conquistava una città la chiamava sempre Alessandria così gli esploratori adesso fanno confusione e non capiscono mai dove si trovano.

Morì di cancro quand'era ancora bambino.

M.A., 3ª media, Roma

Le Olimpiadi

Quando nell'antica Grecia finiva una guerra si facevano le Olimpiadi.

Erano un insieme di gare che si svolgevano sul monte Olimpo. Il vincitore diventava immortale.

Siccome non c'erano guerre tutti i giorni si decise di organizzarle ogni quarant'anni.

Da allora le Olimpiadi sono sempre state fatte e le prossime saranno in Cina.

Non ci sono tutti gli sport nei giochi olimpici, infatti non c'è la gara di Formula uno e non ci va nemmeno Valentino Rossi. Per fare le Olimpiadi bisogna andare a piedi.

Chi vince si porta a casa una medaglia e un mucchio di gettoni d'oro e poi va all'Isola dei famosi.

Purtroppo tutti vogliono vincere le Olimpiadi e allora si drogano come pazzi per arrivare primi. Se qualcuno è scoperto viene linciato e gli strappano la medaglia.

Il mio sport olimpico preferito è il karaoke.

L.N., 3ª media, Padova

L'Egitto dei faraoni

La civiltà egiziana si sviluppò nell'antico Egitto alcuni milioni di anni fa, dopo la scomparsa prematura dei babilonesi.

Era una civiltà molto evoluta perché credeva che il gatto fosse Dio e le mucche fossero animali sacri. Di conseguenza non si cibavano di affettati ma di pesci e verdura.

Erano comandati dal Fanfarone che era per metà dio e per metà uomo. Il

Fanfarone era sposato con Cleopatra che era la moglie di tutti gli egiziani. Dicevano che era così bella che Cesare e Pompeo fecero una guerra per decidere chi se la portava a letto.

Il Fanfarone viveva nelle piramidi che erano monumenti altissimi e aguzzi con all'interno tantissime monete d'oro. Per farle costruire avevano fatto schiavi gli ebrei che erano ottimi lavoratori e avevano un architetto preparatissimo di nome Mosè. Purtroppo per il Fanfarone Mosè un giorno scappò e portò con sé tutti gli ebrei. Da allora non sono più state trovate piramidi.

Per sfuggire agli esploratori gli egiziani prima di morire si facevano vestire da mummie e si infilavano nelle piramidi riempiendole di trappole e aspettavano il loro momento in una sala piena di cibo.

R.P., 1ª liceo artistico, Milano

La civiltà etrusca

Al posto della Toscana milioni di anni fa si trovava l'Etruschia. Era un continente abitato dagli etruschi, coloro che fondarono Firenze e la Fiorentina. Conquistarono presto tutti i popoli nemici e combatterono una lunga guerra contro i senesi perché volevano rubare il palio.

Il loro re era Veio, ma purtroppo non andava d'accordo con i romani che in quel periodo si stavano moltiplicando sempre più.

Dato che non si poteva vivere serenamente insieme in Italia decisero di fare una guerra risolutiva che gli etruschi persero perché non parlavano il latino. Dopo la sconfitta scomparirono.

Il più famoso tra i re etruschi fu Erodoto, che parlò del suo popolo nei suoi libri.

G.F., 2ª media, Brescia

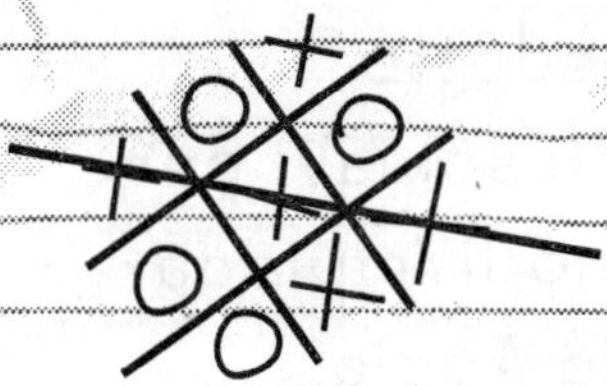

L'Impero romano

I romani sono i discendenti di Romolo, Remo e della lupa capitolina.

Fondarono un impero basato sulla guerra e in poco tempo conquistarono tutto il mondo.

Inizialmente Roma era una repubblica a base di Senato e Senatori, ma ben presto si capì che era meglio se governava una persona sola per evitare le guerre civili.

Il primo imperatore fu Giulio Cesare che venne eletto perché promise ai romani che avrebbe finalmente costruito le fogne e l'acquedotto.

I romani utilizzavano gli schiavi per lavorare. Se si ribellavano li impiccavano ai lampioni della via Appia.

Quando conquistavano uno stato costringevano tutti a imparare il latino e chi veniva bocciato finiva al Colosseo per farsi mangiare dai leoni. Al loro tempo non andava di moda andare con le donne che servivano solo per fare i figli, quindi se la facevano tra di loro, possibilmente alle terme.

Per cambiare imperatore bisognava ucciderlo e l'assassino veniva premiato con il consolato.

Tra gli imperatori più famosi ricordiamo Nerone che era un piromane e non sapeva scrivere poesie, e Commodo che ha fatto uccidere il gladiatore.

R.E., 1ª media, Cagliari

CiAo!

Le invasioni barbariche

Le popolazioni barbare erano costituite da uomini dalla lunga barba e assetati di sangue. Non sapevano parlare e si capivano tramite gesti. Durante la decadenza dell'impero romano i barbari comparvero in Europa e cominciarono a fare razzie.

C'erano varie tipologie di barbari.

C'erano gli Unni che vivevano tra gli elefanti ed erano comandati da Attila ed erano i più pericolosi perché mettevano il sale dappertutto e non si riusciva più a mangiare nulla per non morire di sete.

Poi ricordiamo i Vichinghi che erano abili navigatori e invadevano le città con le loro barche.

Infine i Vandali che non avevano rispetto neanche della loro mamma.

Nessuno era in grado di fermare i barbari così tutti i popoli vennero conquistati e fatti prigionieri.

L'unico popolo che non si voleva arrendere era quello dei Papi in Vaticano che minacciava Attila di scomunicarlo se fosse entrato a San Pietro.

Solo con l'arrivo di Carlo Magno e delle Carolinge saranno fermati i barbari e rimandati in Russia.

I.N., 1ª media, Bari

Le crociate

Quando nel medioevo andava fatta una guerra ai mussulmani il Papa la chiamava crociata e nessuno poteva tirarsi indietro. Per non confondersi con gli infedeli bisognava vestirsi di bianco e rosso e farsi il segno della croce prima di partire.

Lo scopo delle crociate era quello di riprendersi la Sacra Sindone e il Santo Graal che Aladino teneva nascoste in Israele.

Le crociate furono delle battaglie che durarono molti secoli senza che vincesse nessuno. Maometto incoronava re chi uccideva più cristiani e il Papa mandava in Paradiso chi massacrava più mussulmani.

In mezzo a tutte queste guerre ci stavano gli israeliani che siccome non c'entravano nulla cominciarono la diaspora e se ne andarono a spasso per tutto il mondo.

Alla fine delle crociate, con milioni di morti sul terreno il Papa scoprì che il Sacro Graal era sparito e la Sacra Sindone forse era un falso. Per salvare la faccia portò a Roma la lancia di Ogino e si proclamò imperatore.

P.R., 3ª media, Roma

I mongoli

I mongoli erano un popolo feroce estintosi per colpa di se stesso.

Vivevano tra le montagne della Cina ed erano amici di Marco Polo.

Il loro dio era il Gran Cane e il loro re si chiamava Gengis Can ed era il più cattivo di tutti.

Sono chiamati mongoli per la faccia gialla e i capelli neri e perché assomigliano agli handicappati.

Ai loro tempi conquistarono tutta

la Cina e fecero a fette i cinesi e i tarati.

La loro più importante costruzione è la Muraglia cinese costruita per evitare che i cinesi fuggissero dalla Cina e non preparassero più il riso.

L'esercito di Gengis Can è stato ritrovato poco tempo fa sotto terra ed era tutto costruito in terracotta. Per questo motivo i mongoli erano invincibili, perché non morivano mai.

T.E., 3ª media, Firenze

Giovanna D'Arco

La più grande guerriera francese di tutti i tempi si chiamava Giovanna D'arco. Divenne famosa perché combatté per cento anni la guerra contro i francesi e ancora bambina divenne santa.

Andava in giro con un arco a infilzare ogni inglese che incontrava ed era talmente amata dal re di Francia che un giorno decise di farla diventare santa bruciandola.

In quel periodo infatti i preti invece di dire la messa davano la caccia alle streghe e quando le trovavano le facevano arroste.

Giovanna d'Arco non era una strega però diceva di vedere la Madonna e tutti i santi e questo ai preti non andava bene perché erano invidiosi. Solo dopo che fu morta venne invitata a corte dal re per scusarsi e iniziare la riabilitazione dopo il rogo.

R.A., 2ª liceo scientifico, Firenze

Marco Polo

Marco Polo è lo scopritore della Cina.

Era veneziano e costruì delle navi per andare a cercare il Khan Khan che era il re dei cinesi.

Passò attraverso tutta l'Asia e l'Africa finché non arrivò in Cina.

Allora si fermò e imparò il cinese ma ci mise molto tempo perché era una lingua difficile e scritta con i disegni. Siccome era un tappezziere si mise a vendere tappeti ai cinesi che ancora non li avevano inventati e tornò con un milione che per quel tempo erano tantissimi soldi.

Per festeggiarlo i veneziani lo incoronarono doge e lo mutilarono nella casa di San Lorenzo quando aveva appena compiuto settant'anni.

L.F., 3ª media, Catania

La scoperta dell'America

L'America si tratta di un continente recente. È emerso dalle acque intorno all'anno 1000 ed è stato scoperto da Cristoforo Colombo.

Infatti prima del diluvio universale costruì tre barche e vi mise all'interno tutti i tipi di portoghesi esistenti per farli sopravvivere.

Quando finì l'alluvione e l'acqua si abbassò si trovò in America e c'erano Incas dappertutto.

Siccome i selvatici non volevano baciare la croce Cristoforo Colombo chiamò gli spagnoli e il Papa perché venissero ad aiutarlo. Allora successe una strage tremenda.

Tuttavia quando Colombo tornò a casa venne esiliato perché aveva detto a tutti di essere in India mentre si trovava in America, e lì morì di stenti e fatiche.

R.Z., 2ª media, Vicenza

La stampa

Quando nel Medioevo si stancarono di scrivere i libri a voce inventarono la stampa.

Il fondatore di questa arte fu il tedesco Gutemberg che decise di scrivere a mano la Bibbia per tramandarla ai successori.

Da quel giorno la carta non fu più inutile ma servì a qualcosa.

Per stampare era necessario anche l'inchiostro e una macchina da scrivere che però venne inventata più avanti.

I tedeschi diventarono matti per questa invenzione e si misero a stampare tutte le cose possibili perfino i biglietti del treno.

Oggi la stampa non esiste più perché si usano i computer e i colori.

A.F., Iª liceo artistico, Padova

Galileo Galilei

Galileio è stato per molti anni lo scienziato più famoso del mondo.

Ha creato molte invenzioni, prima fra tutte il piano inclinato. All'epoca non esisteva ancora.

La scoperta più interessante fu senza dubbio il pendolo. Fu ispirato da una lampada e ne costruì uno lungo un metro e che pendolava sempre per due secondi.

Ma la cosa senza dubbio più grave

fatta da Galileio fu lo scoprire che la terra era rotonda e stava su da sola.

I preti del tempo non ne volevano sapere perché dicevano che non era rotonda ma piatta e che era Dio che la sosteneva.

Galileio non sentiva ragioni e preferì farsi impiccare e poi bruciare vivo.

Solo quando l'uomo è andato nello spazio si è potuto verificare che Galileio aveva ragione ma ormai era troppo tardi.

T.U., 1ª liceo scientifico, Perugia

Il periodo rinascimentale

Il Rinascimento è il periodo storico in cui agli uomini torna la voglia di scrivere poesie, dipingere e fare sculture. In precedenza la cultura apparteneva solo ad alcuni vecchi preti che abitavano nei monasteri e che ospitavano poveri, malati e drogati. In quel periodo medievale l'Italia era cosparsa di boschi e la ragione era ai margini della società.

Il più famoso rinascimentale italiano è stato Leonardo da Vinci. Era un uomo che sapeva fare ogni cosa meglio degli altri e che sapeva tutto, persino il futuro. Inventò gli aeroplani, le automobili e la Gioconda che fu deportata in Francia da Napoleone.

È famoso perché è stato il primo scienziato a dipingere un uomo intero dentro a un cerchio e per la barba lunghissima.

Morto lui finì il Rinascimento e cominciò la rivoluzione industriale fatta di auto e cavalli a motore.

L.Z., 5ª ginnasio, Verona

Il re Sole

Il più grande re francese di tutti i tempi è stato sicuramente il re Sole. Si faceva chiamare così perché quando viveva lui il sole non tramontava mai e i francesi potevano sempre stare svegli.

Fondò la dinastia dei Barboni che in seguito governarono mezza Italia e riempì la Francia di oro e di luci e di pietre preziose.

Voleva che i francesi fossero il più

bel popolo del mondo e non badava a spese per questo obiettivo.

Costruì il Louvre dove sono depositati i cadaveri dei vecchi re e i dipinti famosi, l'arco di Trionfo e la torre Eiffel.

Siccome tra tutti i francesi era sicuramente il più ricco decise che poteva avere molti figli e passò tutta la vita a farne il più possibile. Purtroppo quando morì tutti i figli volevano diventare re e si scatenò una guerra civile.

D.P., 3ª media, Ancona

La rivoluzione francese

L'inventore della rivoluzione francese si chiamò Napoleone.

Napoleone odiava il re e la regina e cercava disperatamente di tagliargli la testa.

Convinse i francesi che non c'era più pane in tutta la Francia e li convinse a rivoluzionarsi.

Inventò la ghigliottina che era uno strumento per staccare la testa ai ricchi e si mise a decapitare tutti quelli che mangiavano il pane. Per salvare la testa il re si nascose con la moglie nella Pastiglia e ci rimase per molti mesi.

Venne tradito dal cardinale Riscelie che voleva diventare papa e fu costretto ad andare nella ghigliottina.

La parola d'ordine nella rivoluzione francese era: libertà, fraternità e amicizia e chi non la ricordava veniva decapitato.

Napoleone intanto conquistava il mondo e dava da mangiare ai francesi.

Ma il re di Germania e quello d'Inghilterra non ne potevano più di tutto il caos che facevano i francesi e diedero la caccia a Napoleone finché lo trovarono nascosto all'Isola d'Elba e lo fecero morire.

T.O., 3ª media, Milano

La guerra d'indipendenza americana

Alla fine del '700 gli inglesi che erano andati in colonia decisero che non volevano più tornare a casa. Ma la regina Elisabetta si arrabbiò e mandò dei soldati per prenderli tutti e riportarli a Londra.

Fu così che scoppiò la guerra d'indipendenza americana. Gli americani si organizzarano in due eserciti, i nordisti comandati dal generale Custer e i sudisti che erano tutti negri. Combatterono per anni contro la regina finché la imprigionarono. Così gli inglesi per liberare la regina capirono che dovevano ritirarsi e lasciarono gli americani in America.

Tuttavia si portarono via anche la bandiera e gli americani per non restare senza ne inventarono una a stelle e strisce. Il primo presidente americano fu Whashington che fondò anche una città che portava il suo nome e che esiste ancora. Decise che ogni città americana doveva avere una stella sulla bandiera e da allora non si è più cambiato. Le stelle attualmente sono cinquantuno.

Ma i problemi non erano finiti perché l'america la volevano anche gli indiani. Allora scoppiò un'altra guerra feroce e sanguinosa e gli americani bruciarono tutte le tende degli indiani.

Gli indiani furono quindi presi e messi in campi di concentramento dove ancora oggi vivono.

B.N., 2ª media, Milano

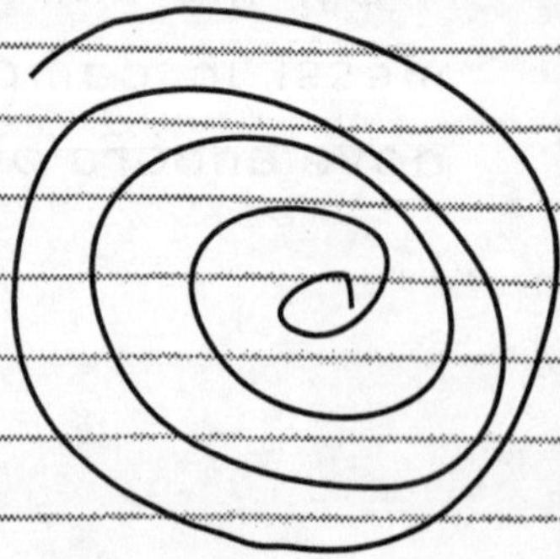

Mendel

Mendel fu un uomo biologico di origine tedesca.

Scoprì come nascevano le piante tramite numerosi esperimenti e finì per dimostrare che si producono da sole.

Per dimostrare ciò prese due piante e fece un incesto. Quando vide che la più piccola cresceva dentro la più grande capì che era nata la legge della dominanza.

La sua pianta preferita era il pisello, e ne possedeva uno particolare con cui ci giocava pitturandolo di giallo e di verde. Incrociando poi i semi del pisello arrivò a dimostare che l'uomo poteva creare le piante da solo seminandole.

Mendel è stato uno scienzologo di fame mondiale.

C.C., 1ª liceo scientifico, Roma

Garibaldi e l'unificazione d'Italia

Giuseppe Garibaldi fu il creatore dei garibaldini, che erano dei soldatini interamente vestiti di rosso.

È conosciuto come l'eroe dei due mondi perché prima unificò l'Argentina poi tramite un risorgimento fece lo stesso anche per l'Italia.

Infatti ai suoi tempi non eravamo ancora una penisola: al nord c'era la Lega Lombarda di Camillo denso di Cavour, al centro vivevano i papi mentre in meridione i mormoni comandavano i terroni.

Il re d'Italia voleva insegnare a tutti che le tasse vanno pagate e quindi chiamò Garibaldi che era famoso per unificare tutte le terre in cui passava.

Ma al primo tentativo andò male perché venne sconfitto, bastonato e gli uccisero pure la moglie Anita e dovette ritornare in Argentina e riorganizzarsi.

La seconda guerra d'Indipendenza cominciò nel dopoguerra e Garibaldi vi partecipò con solo 1000 garibaldini, ma erano talmente feroci e valorosi che riuscirono a conquistare il sud Italia e a donarlo al re.

Poiché non si poteva lasciare Roma ai papi perché ci si doveva costruire la capitale Garibaldi decise di fare un invasione e con la freccia di Santa Pia trafisse il Papa e conquistò il Vaticano.

Da allora viviamo tutti insieme sotto la stessa bandiera, ma le cose non sono migliorate poi molto.

F.P., 2ª media, Napoli

Marx e il comunismo

Marx è l'inventore del comunismo e della povertà.

Viveva in Russia in un gulasch ed era nemico del re perché era l'unico russo che poteva mangiare.

Allora si ribellò e inventò il comunismo.

Il partito comunista era una politica rossa che non dava da mangiare a nessuno però tutti dovevano fingere di essere felici, così gli stranieri andavano a Mosca per vedere quanto era bello e poi morivano di fame anche loro.

L'unico che non era d'accordo era lo Zar e per questo fu calamitato.

Quando diventò troppo vecchio per essere ancora comunista Marx diede la Russia a Lenin per il mese di Ottobre. Finito il suo periodo fu suicidato da Stalin che divenne il dittatore.

D.A., 3ª media, Perugia

La Prima guerra mondiale

La Prima guerra mondiale è cominciata nel 1915 quando tutte le nazioni del mondo hanno deciso di farsi la guerra. Anche l'Italia. Ma non erano tutte contro tutte perché erano divise in due squadre. Da una parte c'erano gli italiani, i francesi, gli inglesi, gli americani (che le guerre non se le fanno mai scappare), gli spagnoli e gli altri alleati. Nell'altra squadra c'erano i tedeschi, gli austriaci, gli ungheresi e in parte i prussiani che dopo la guerra non c'erano più.

La guerra l'hanno combattuta dentro delle buche che si chiamavano trincee e alla fine chi ne ha conquistate di più ha vinto. Noi abbiamo vinto anche se ci hanno rubato il Piave. Poi però ce lo hanno ridato.

La guerra è durata cinque anni poi quando abbiamo vinto abbiamo fatto la pace.

Questa guerra ha fatto tantissimi morti e aveva insegnato a non farne più, poi però dopo qualche anno hanno ricominciato tutti, nonostante il Papa dicesse di smetterla.

Speriamo non ne facciano più davvero.

L.R., 3ª media, Roma

La Seconda guerra mondiale

Nel 1940 è scoppiata la Seconda guerra mondiale. Il colpevole è stato Hitler che era tedesco e voleva ammazzare tutti, soprattutto gli ebrei perché gli rubavano i soldi.

Allora quando aveva fatto troppi casini, gli Alleati hanno deciso che doveva smetterla e hanno tirato due bombe atomiche in Giappone perché l'imperatore Hiro-Kito era amico dei tedeschi e sbagliava assai.

Noi italiani abbiamo fatto mezza guerra insieme ai tedeschi poi, siccome siamo furbi, ci siamo messi con gli altri e li abbiamo fatti fessi i tedeschi.

Il nostro re era Mussolini che si faceva chiamare Duce e dava da bere l'olio a chi disubbidiva. Anche mio nonno ha bevuto l'olio di Mussolini e dopo è stato tanto tempo in bagno. Adesso l'olio lo fanno diverso e infatti a tavola lo mangiamo sempre.

Comunque quando Mussolini ha perso la guerra il nostro re, che in verità era un altro e si chiamava Vittorio Emanuele, è scappato via. Solo l'anno scorso è potuto tornare.

Dopo la guerra c'è stato un miracolo italiano.

D.O., 3ª media, Rieti

Il nazismo e Hitler

La Seconda guerra mondiale è stata un'invenzione di Hitler.

Poiché era un megalitico voleva conquistare tutto il mondo e si fece un sacco di nemici.

L'unico amico di Hitler era Mussolini perché gli aveva insegnato come si governava con la forza la popolazione.

Hitler fondò il nazismo che era una religione per mandare tutti i tedeschi a combattere le sue guerre e la razza Ariana che serviva ad essere migliori.

Odiava gli ebrei perché erano tirchi e li nascondeva nei campi di concentramento per farli lavorare e rubargli i denti d'oro.

Quando perse la guerra per non farsi mettere in prigione si diede fuoco dopo essersi suicidato con il cianuro insieme alla sua morosa Eva Bau.

S.S., 3ª media, Pisa

Mussolini e il fascismo

Dopo la Prima guerra mondiale l'Italia era a pezzi: nessuno aveva un lavoro, pioveva sempre, i comunisti incendiavano le terre dei contadini e rubavano i vitelli. Ecco perché Mussolini assieme ai fascisti marciò su Roma e ne prese il controllo. Poi disse al re che poteva starsene pure tranquillo che sistemava tutto lui. Tutti divennero fascisti e giravano in camicia nera: erano ormai balilla. Chi non era d'accordo con Mussolini doveva fuggire per non andare in galera o nei campi profughi.

Mussolini si faceva chiamare Duce come i re di Roma antica e iniziò una serie di crociate contro l'Etiopia, l'Egitto e la Grecia per creare un impero fascista. Tutto filava per il meglio quando scoppiò la Seconda guerra mondiale: Hitler era impazzito e faceva a pezzi milioni di ebrei innocenti. L'Italia però era alleata di Hitler e venne sconfitta dagli americani, Hitler si ammazzò dalla rabbia, Mussolini fu decapitato dai partigiani.

T.A., 3ª media, Civitanova

Il muro di Berlino

Per difendersi dai russi durante la Seconda guerra mondiale Hitler fece costruire il muro di Berlino.

Finita la guorra è stato usato per dividere i comunisti dai fascisti. Purtroppo così hanno diviso i tedeschi in due ma in fondo la guerra era colpa loro.

Nessuno poteva passare attraverso sennò veniva fucilato ed è durato fino a pochi giorni fa.

Ci furono molti tentativi di superare il muro, ma se prendevano l'aereo venivano abbattuti, le barche venivano affondate e se scavavano un tunnel li aspettavano all'uscita e gli sparavano in testa.

Pochi anni fa il Papa ha detto che era ora di finirla e che tutti i tedeschi erano uguali, e ha cominciato ad abbattere il muro.

Ovviamente i comunisti non erano d'accordo ma con il Papa non si sono mai trovati bene.

Una volta abbattuto il muro i tedeschi hanno cominciato a dividerlo in piccoli pezzi per venderlo ai turisti così guadagnano i soldi per vivere.

Adesso non c'è più la Germania est e la Germania ovest ma solo un insieme infinito di tedeschi che si chiama solo Germania.

R.I., 3ª media, Bassano del Grappa

Osama Bin Laden

Bin Laden fu un vecchio pecoraio che si arricchì moltissimo con i soldi del padre e della CIA, la base americana dove aveva combattuto per anni.

In Afghanistan creò una banda di talebani che dominavano il paese senza averne il permesso, né dall'Onu né da nessun altro. Si chiama Al-queida ed è famosa in tutto il mondo per le minacce in internet e le stragi.

L'11 settembre per esempio Bin Laden ha attaccato l'America dirottando degli aeroplani per distruggere torri gemelle, pentagono e molti monumenti importanti. Dopodiché è comparso in internet ridendo e dicendo che era solo l'inizio e che il bello doveva ancora venire.

In risposta Bush prima ha fatto finta di piangere poi ha raso al suolo l'Afghanistan. Forse è rimasto ucciso anche Bin Laden, di certo gli hanno ammazzato un bel po' di fratelli e amici. Nel frattempo i talebani sono tornati nei monti da dove sparano agli americani, si esercitano per gli attentati e uccidono i prigionieri.

D.R., Iª ITIS, Arezzo

Silvio Berlusconi

Il presidente dell'Italia è Silvio Bruscoloni.

La mamma dice che è talmente ricco che si è comprato tutta l'Italia.

Bruscoloni è sempre in televisione a raccontare cose noiose e vuole che tutti votano per lui altrimenti c'è la rovina.

Quando combina qualche guaio non va mai in prigione perché anche quelle sono sue e preferisce stare a casa.

I comunisti sono sempre arrabbiati con Bruscoloni perché lui li vuole ammazzare tutti a uno a uno e allora gli fanno gli scioperi apposta.

Mi piacerebbe essere un Bruscoloni così faccio quello che voglio e non so come spendere i soldi e magari regalo anche la bicicletta nuova a mia sorella quando compie gli anni.

R.O., 3ª media, Roma

GEOGRAFIA

I continenti

I continenti sono l'Europa, l'Asia, l'Africa, l'Australia e gli Stati Uniti d'America.

Si chiamano continenti tutti gli insiemi di nazioni circondati da un mare d'acqua.

Una volta erano tutti uniti dalla crosta terrestre poi gli umani non potendo andare d'accordo decisero che era meglio separarli.

La deriva dei continenti si verifica quando i continenti hanno le spiagge. Per questo l'Europa non fa la deriva mentre il Sudamerica ne abbonda.

L'Europa è il continente più ricco ed è abitato dagli Europeani, mentre l'Africa è il più povero a causa del sole ed è abitato solo esclusivamente da negri, gazzelle giraffe e leoni.

Infine c'è l'Asia dove abbonda il riso che fa nascere tutti con gli occhi a mandorla e la pelle gialla.

G.E., 2ª media, Milano

Il deserto

Il deserto è la nazione degli arabi.

È fatto di sabbia e palme e non c'è nulla da bere. Per questo motivo gli arabi sono sempre in guerra con tutti, infatti cercano disperatamente l'acqua.

Gli unici animali che ci sono nel deserto sono i cammelli perché nascondono dentro le gobbe il cibo. In quella davanti hanno l'acqua, in quella dietro l'erba. Quando i marocchini ci montano sopra qualche volta nelle gobbe mettono anche i panini per loro.

In mezzo al deserto ci sono le piramidi che sono dei monumenti per indicare agli arabi che sono quasi arrivati.

Per andare nel deserto bisogna stare attenti a non avere le allucinazioni altrimenti si pensa di bere acqua mentre è sabbia.

Nel deserto c'è sempre il sole e non c'è mai la nebbia e fa un caldo da morire.

L.P., 3ª media, Anzio

Il Polo nord

Quando sei in cima alla terra vuol dire che ti trovi al Polo nord.

Il Polo nord è il posto più freddo di tutto il mondo, infatti ci sono solo i ghiacci e i pinguini.

Ogni tanto si incontra qualche schimese che è il padrone del Polo nord. Vivono in casette di ghiaccio e vanno a spasso con le renne.

L'animale più importante del Polo

nord è l'orso bianco che vive in mandrie disseminate tra i ghiacci.

È pericoloso perché non può mai dormire perché al Polo nord o c'è il giorno o la notte, mai una via di mezzo.

L'unico modo per scappare dall'orso bianco è di dargli da mangiare le foche, ma prima bisogna pescarle.

Il Polo nord è l'unico posto che non è di nessuno perché ci fa troppo freddo e nessuno ci vuole andare abitare e allora ci lasciano gli schimesi che vivono felici e contenti.

U.L., 5ª elementare, Perugia

Le piramidi

Le piramidi erano dei castelli antichi che costruivano in Egitto.

Erano fatte per nascondere i faraoni quando erano morti in modo che gli esploratori non li trovassero.

I faraoni si nascondevano dentro le piramidi con cibo e soldi per resistere il più possibile nell'attesa di diventare Dei. Per costruire le piramidi gli egiziani usavano gli ebrei che erano abili costruttori.

Venivano fatte a forma di punta in legno e mattoni e sono sopravvissute fino ai nostri giorni.

Le piramidi più importanti sono la Sfinge e la piramide di Cheope.

Siccome erano dei monumenti molto belli gli antichi Maya le copiarono ma non riuscirono mai a farle con la punta.

R.S., 3ª media, Padova

La muraglia cinese

La grande muraglia cinese è stata costruita da Yao Ming per difendere la Cina dalle invasioni europee.

È lunghissima e se per caso sei sulla luna la vedi perfettamente.

Si espande da nord verso sud e scala montagne e colline finché non circonda completamente la Cina.

Per uscire dalla Cina è infatti necessario pagare il pedaggio della grande muraglia cinese.

Una volta era difesa dai soldati dell'imperatore che poi sono morti e sono stati trasformati in terracotta quindi non sono più molto utili.

Nessuno è mai riuscito a superare la grande muraglia cinese a parte Marco Polo che era veneziano e amico dei cinesi.

A.D., Iª liceo classico, Torino

Le regioni a statuto speciale

In Italia ci sono delle regioni che si comandano da sole e sono il Trentino, il Friuli Venezia Giulia, la Sicilia, la Sardinia e la Valletta.

Sono a statuto speciale perché la gente che ci vive odia l'Italia e l'italiano e per questo parla lingue diverse.

Quando ci sono le elezioni queste regioni non possono votare perché altrimenti vorrebbero scappare all'estero dove ci sono meno tasse e meno politici ed è per questo che ogni tanto ci sono delle piccole rivoluzioni. Le peggiori ci sono in Trentino Alto Adige dove Trento e Bolzano si combattono per decidere se si deve parlare tedesco o italiano.

V.G., 5ª elementare, La Spezia

L'Africa

Dove ci sono gli africani e le scimmie c'è l'Africa.

Gli africani sono tutti neri a parte gli occhi e vivono nelle tende. Per mangiare vanno a caccia di leoni e di tigri che sono feroci.

In Africa non fa mai freddo perché c'è sempre il sole sopra e infatti gli africani non sanno sciare. Penso che un po' gli dispiaccia perché è bellissimo.

Qua e là si incontrano vari deserti, il più famoso è quello dei Gobbi e infatti ci sono un sacco di cammelli che hanno due gobbe dove tengono l'acqua per gli esploratori.

Se il cammello è femmina si chiama dromedario e di gobba ne ha solo una.

L'africa è stata scoperta da Magellano che era un marinaio che gli piaceva scoprire terre.

Prima non c'era niente e infatti nessuno ci andava.

Poi in Africa ci sono tante zanzare che si chiamano malarie, e anche delle formiche che mangiano tutto, anche le macchine: sono le termiti che vivono in dei grattacieli di terra e foglie.

L'Africa finisce a sud dove c'è il mare.

G.E., 3ª elementare, Campobasso

Gli Stati Uniti d'America

Sono Stati Uniti d'America tutti quegli stati che usano la bandiera americana tranne Cuba che è comunista.

In base al numero di stelle della bandiera si sa quanti stati ci devono essere. Lo stato più importante d'America sono le Hawaii perché ci vanno tutti i ricchi americani in vacanza.

Il presidente degli Stati Uniti d'America serve a fare le guerre il più lontano possibile dalle Hawaii. Quando le guerre vengono vinte gli americani rubano tutto il petrolio possibile e si preparano a farne di nuove.

Gli americani derivano dagli inglesi ma non lo vogliono dire perché si vergognano.

Il più importante presidente americano è stato Martin Lutero che era completamente nero e voleva cambiare le cose ma lo hanno fatto subito fuori perché diceva troppo in giro che faceva un sogno.

Gli americani sono famosi per la patata americana e per il basket.

P.Z., 3ª media, Roma

La Cina

La nazione più pericolosa del mondo sono i cinesi che si trovano in mezzo all'Asia.

Sono tantissimi e mangiano tutto il riso del mondo e il babbo dice che presto ci faranno la guerra perché in Cina ormai stanno troppo stretti.

I cinesi sono piccoli e gialli e non sanno scrivere come noi, fanno infatti solo disegni.

Il problema dei cinesi è che lì da

loro non c'è niente e allora vanno in giro per il mondo a fare fotografie a tutto quello che vedono. Una volta a Venezia hanno fotografato anche la nonna che mangiava il gelato.

Se si va in Cina bisogna ricordarsi di non mangiare mai perché sono tutti sporchi e non si lavano mai le mani.

Il babbo dice che l'unico modo di salvarsi dai cinesi è non farli entrare in Italia perché quando entrano vogliono comprare tutto, anche la tua macchina.

C.V., 3ª media, Bergamo

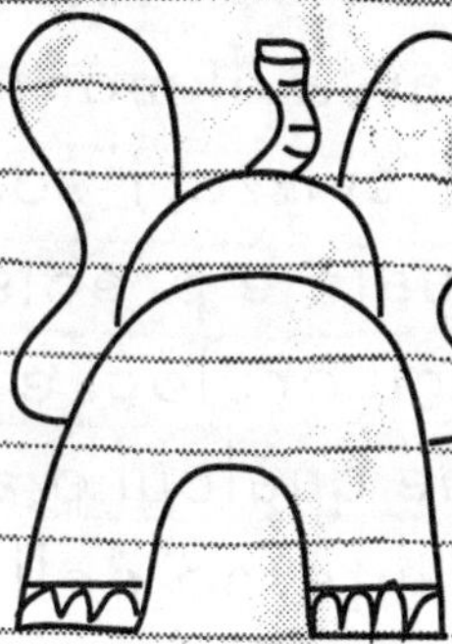

La Svizzera

La Svizzera è un paese neutro costruito su quattro cantoni.

È famoso in tutto il mondo perché permette a tutti di arricchirsi senza pagare le tasse e nasconde i soldi dei truffatori. Nessuno fa mai la guerra alla Svizzera sennò spariscono un sacco di soldi.

L'attività principale degli svizzeri è la fabbricazione della cioccolata che è la migliore del mondo perché prodotta da alcune mucche speciali. Confina con tutti i paesi europei ed è cosparsa di montagne e piste da sci.

Gli svizzeri sono un popolo così puntuale e preciso che hanno inventato gli orologi e le sveglie per evitare che qualcuno arrivi in ritardo.

All'interno della Svizzera c'è Ginevra che è la capitale e da giovane era la moglie di re Artù.

F.V., 3ª media, Foggia

Venezia

Venezia è l'unica città fondata sull'acqua ed è retta dai gondolieri.

È famosa per il leone che gira per la piazza di San Marco cercando di sbranare i turisti anche se nessuno l'ha mai visto né catturato.

Siccome le macchine non possono navigare i veneziani non hanno la patente per cui girano a piedi, in gondola oppure nuotano.

Per vivere i veneziani producono

maschere di carnevale, gondole e vongole che vendono a tutto il mondo ma soprattutto ai giapponesi che amano la fotografia.

Tutti i veneziani sono detti i serenissimi perché la domenica non devono fare la coda in autostrada per andare al mare. Infatti ce l'hanno sotto i piedi.

F.F., 4ª elementare, Milano

Il fiume Po

Il fiume Po è il più lungo fiume che ci sia. Nasce sulle montagne dietro casa mia e va avanti fino al primo mare che trova.

Secondo il nonno la sua acqua è santa e serve alla Lega di Bossi per vincere i romani e per non pagare le tasse.

La fine del Po si chiama foce ed è un enorme mestruario.

Si trova in Veneto e passa sotto Venezia e i suoi abitanti.

Bisogna sempre stare attenti a non mettere troppa acqua nel Po perché sennò si gonfia e riempie tutta l'Italia di acqua. A quel punto saremmo costretti a fuggire sulle montagne.

Nel Po ci sono numerosi pesci anche se mancano sempre le balene perché sono troppo larghe per starci dentro. Magari in futuro verranno.

E.R., 1ª media, Ravenna

STORIA DELL'ARTE

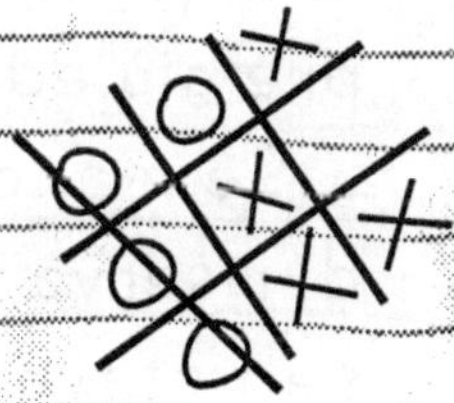

Il Colosseo

Tra tutte le sculture italiane la più famosa è sicuramente il Colosseo.

Fu scolpito dai romani sotto la presidenza di Cesare e ci è invidiato da tutto il mondo intero.

Quando funzionava serviva a fare combattere i gladiatori e più sanguinavano più Giulio Cesare si divertiva.

La domenica tutti i romani andavano al Colosseo per vedere morire i gladiatori. Quando uno di questi moriva il presidente decideva se salvarlo o meno. Dipendeva da come versava il pollice. Caligola lo metteva sempre giù ed erano tutti fregati.

Se mancavano i gladiatori c'erano di riserva i cristiani. Infatti nel Colosseo stavano nascosti anche migliaia di leoni golosissimi di cristiani. Erano pranzi che duravano ore mentre la gente applaudiva.

Possiamo quindi dire che il Colosseo era un monumento sanguinoso.

Adesso purtroppo tutti questi spettacoli sono proibiti dalla legge e il Colosseo serve esclusivamente al Papa per farci la via crucis.

E.R., 1ª liceo scientifico, Milano

Il Colosseo (bis)

Il Colosseo è un'opera d'arte perché sta nel mio sussidiario. L'ha costruito Giotto tanti anni fa perché era bravo a fare i cerchi e infatti è rotondo. Non so quanto tempo ci ha messo ma è stato proprio bravo.

Dentro al Colosseo una volta c'erano i leoni che mangiavano i cristiani uno per uno. Adesso però no, perché i leoni sono tutti al circo mentre i cristiani non si possono più mangiare. Adesso invece lì dentro ci gioca la Roma e Totti ma il papà non mi ci porta mai a vederla perché lì dentro sono tutti matti e si picchiano.

Però quando divento grande ci vado anche io con mio fratello e con la bandiera e con la nonna che grida quando segna Totti.

La cosa bella del Colosseo è che si trova solo a Roma così tutti i cinesi vengono a fotografarlo ma alle volte sono troppi.

Però ormai la mamma dice che sono dappertutto e non se ne può più.

T.T., Iª ITIS, Milano

Giotto

Il più famoso pittore italiano si chiama Giotto.

È nato a Firenze intorno all'anno Mille (quello che doveva essere l'ultimo anno del mondo ma poi non andò così) ma fu scoperto in campagna da Cimabue mentre contava le pecore.

Quello che rese famoso Giotto fu il fatto di avere inventato il compasso: infatti aveva trovato il modo per disegnare i cerchi senza gli angoli.

Fece tante opere nella sua vita, fra tutte dipinse completamente la basilica di san Pietro.

Ci mise molti anni e dicono che l'abbia fatta tutta da solo.

All'interno ha pensato di decorarla con disegni che ricordassero il papa e la religione, all'esterno si è limitato al bianco.

È morto da vecchio.

R.D., 1ª liceo artistico, Pistoia

SCIENZE

I mammiferi

Si dicono mammiferi tutti quegli animali che sono nati da una qualsiasi mamma.

Si dividono in mammiferi di terra, di mare e di cielo.

I mammiferi di terra sono gli ovini, i bovini e le scimmie.

Sono ovini tutti quegli animali che si riproducono attraverso le uova.

Il più importante di tutti è la gallina che vive nel pollaio. Quando fa le uova si mette a strillare per avvertire che sono pronte.

I bovini invece servono a fare il latte e fanno parte delle mucche.

Le scimmie sono la specie che ha creato l'uomo.

I mammiferi marini sono gli animali più grandi come le balene i delfini e il calamaro gigante.

Infine nel cielo si dicono mammiferi tutti quegli uccelli che non fanno le uova.

A.S., 3ª elementare, Padova

Gli animali del bosco

Il cervo è un ungolato poiché ungola. Vive nei boschi ed il suo valore dipende dal peso delle corna: più grandi sono più sono costose. Quando gli amputano le corna il cervo muore o diventa un capriolo.

Le marmotte dimorano tra le rocce delle montagne. Vivono in branchi numerosi e non si fanno mai vedere. Una marmotta però fa da sentinella e quando vede degli umani comincia a fischiare fortissimo così le altre si fottono di paura e schizzano sottoterra.

I denti dei castori crescono continuamente così essi sono costretti a rosicchiare gli alberi tutto il giorno.

Hanno costruito molte dighe che servono a non passare l'acqua così si può attraversare i ruscelli tranquillamente.

I tassi sono molto nutrienti, si nutrono di bacche, ghiande ed erbe.

Il cinghiale si caccia con i cani. Senza è impossibile trovarlo. Quando i cani lo trovano il cinghiale inizia a latrare imbizzarrito e corre giù per i sentieri. Appena giunge in una radura a quel punto è fatta: gli si spara contro e appena crolla lo si prende a bastonate finché non crepa di dolore.

A.B., 4ª elementare, Urbino

Gli animali domestici

Quando un animale sta a casa si dice che è domestico.

Però non tutti possono stare a casa perché sono troppo grandi come l'elefante. Però in Africa i negretti li tengono in casa e allora hanno le case molto alte. Qui però non si può.

Io tengo un gatto che si chiama Cicero, è nero e ovviamente è domestico perché sta con la mamma nel divano.

Quando ha fame miagola e miagola e allora bisogna darci da mangiare. La cosa bella è che non lo devi tenere al guinzaglio come il cane di mio cugino perché non scappa.

La mia zia Nina invece ha un serpente domestico e lo tiene in una scatola di vetro. La mamma dice che fa schifo perché è lungo ma lei dice che è buono e mangia solo i topolini e non la mia mamma. Questo serpente si chiama Ugo.

Se la maestra mi promuove i miei genitori mi regalano un cane, forse. Solo se me lo merito. Vorrei uno di quei cani con la coda che fanno scappare i ladri però non deve essere troppo grande sennò non ci sta.

Un po' invidio i negretti.

R.A., 3ª elementare, Roma

Gli insetti

Quando una animale è molto piccolo e si ciba di erbe viene nominato insetto.

Gli insetti sono distribuiti su tutta la terra, eccetto il mare. L'insetto più importante è il lombrico perché serve a concimare la terra e a pescare i pesci. Gli insetti possono essere colorati, come la coccinella, o neri come il topo.

Se sono colorati è per farsi riconoscere dai predatori ed essere catturati più velocemente, in caso contrario è un modo per nascondersi. Ovviamente dipende dal tipo.

Una caratteristica degli insetti sono le antenne che servono per parlarsi in silenzio. Più lunghe sono più l'insetto ama comunicare.

Non tutti gli insetti sono positivi, ad esempio l'ape ha il difetto di pungere le persone e per questo va cacciata. Per farlo bisogna depositare il miele per terra, così le api che ne sono ghiotte si lanciano per mangiarlo. A quel punto sono catturate e vengono rinchiuse negli alveari.

Altrimenti basta ammazzare l'ape regina e muoiono tutte, ma è un po' più complicato.

T.Z., 1ª media, Agripoli

I pinguini

I pinguini sono dei grossi cetacei del Polo sud che tuttavia non sanno volare. Nessun pinguino può volare, infatti hanno un unico corpo centrale enorme e due ali troppo piccole per alzarli e che non servono a niente. Non sapendo volare hanno dovuto imparare a nuotare. I piccoli di pinguino sono un po' più magri e si muovono velocemente ma comunque non volano nemmeno loro. Col tempo ingrassano per difendersi dal freddo.

I pinguini vivono in grandi branchi per potersi difendere meglio dalle orche. Mentre le femmine covano una moltitudine di uova i maschi cacciano e prendono il sole.

D.P., Iª media, Foligno

Lo squalo

Lo squalo è un pescecane che mangia i nuotatori. Si tratta di un enorme pescioide fornito di denti affilati che naviga nelle acque alte ma talvolta anche in qualche spiaggia.

Lo squalo più famoso è quello bianco che vive al Polo nord e si mimetizza tra i ghiacci.

Per cacciare uno squalo bisogna mettere una pecora in mare ancora viva ed aspettare che il pescioide vada a mangiarla. A quel punto gli si spara addosso una raffica di proiettili e quando viene a galla morto lo si raccoglie con calma e lo si porta a casa.

Se si viene mangiati da uno squalo è importante non preoccuparsi e non perdere la calma. Bisogna nuotare fino a riva senza perdere sangue così lo squalo non ci segue e se ne torna in mare.

P.P., 5ª elementare, Cagliari

L'elefante

L'animale più grande del mondo è l'elefante.

Si tratta di un enorme animale con un naso lunghissimo che gli serve per difendersi e scacciare i topi e ha due orecchie gigantesche per sentirci meglio.

Purtroppo per lui ha anche due zanne d'avorio che servono ai bracconieri per guadagnarsi da vivere così viene cacciato ovunque vada.

L'unica salvezza per l'elefante è nascondersi su qualche albero aspettando che i cacciatori se ne vadano.

È molto importante per gli africani perché lo usano come automobile e qualcuno ci può anche costruire una casetta sulla schiena. L'elefante è famoso perché dorme con un occhio aperto mentre con l'altro sta sveglio.

L'elefante può essere di vari colori a seconda del posto in cui si trova ma prevalentemente è grigio.

G.C., 1ª media, Belluno

L'orso bruno

L'orso bruno è infatti il più grande animale dei boschi e delle valli. Mangia praticamente tutto: erba, bacche, noci, frutta, miele carne e pesce. Vive solo nei periodi caldi dove non fa altro che mangiare e dormire. Quando inizia il freddo l'orso non ha più niente da mangiare ma intanto è diventato bello grasso quindi si costruisce delle casette di legno nei boschi dove si trasferisce a dormire per tutto l'inverno.

Quando inizia il caldo l'orso si alza e ricomincia a mangiare, infatti è molto dimagrito: durante l'inverno non ha mangiato nulla.

E.O., 2ª media, Torino

Gli eschimesi

Gli Eschimesi sono gli abitanti della neve. Si dividono in due gruppi, quelli che stanno al Polo nord e quelli che stanno al Polo sud. Non si incontrano mai.

Vivono negli igloo che sono delle grotte di ghiaccio in cui non si può ovviamente avere il riscaldamento sennò si sciolgono e dormono all'aperto. Allora si vestono di foche e riescono a sopravvivere.

Mangiano pesci e orsi bianchi in quantità e hanno un solo giorno all'anno perché la notte dura sei mesi.

Sono utili perché quando arrivano gli esploratori tirano le slitte e fanno da guide per tutte le zone in cui si trova la neve.

Il nemico degli eschimesi è lo Yeti. Si tratta di un enorme uomo bianco che gira nudo tra i ghiacci a caccia di eschimesi. Nessuno lo ha mai visto però si sa che esiste.

I.T., 1ª media, Chioggia

Le stagioni

Le stagioni sono quattro. C'è l'inverno dove c'è la neve e fa freddo e porta Babbo Natale.

Poi quando la neve si scioglie salta fuori la primavera che praticamente non fa caldo ma neanche freddo, insomma si sta bene.

Quando finisce si va in vacanza e allora c'è l'estate. Nell'estate c'è il mare, le barche e anche i gelati.

Poi si deve tornare a scuola e quindi si chiama autunno. Ecco, questa è la stagione che ci piace di meno perché era meglio l'estate. Quando c'è l'autunno spero che finisca presto perché così torna Babbo Natale e mi porta le bambole.

La cosa importante da ricordare è che d'inverno ti devi mettere la sciarpa e i guanti sennò ti ammali, d'estate non servono invece. Adesso è autunno purtroppo.

R.R., 3ª elementare, Milano

Il Big Bang

La nascita della terra risale al tempo del Big Bang.

Si parla di Big Bang quando ci si riferisce all'esplosione atomica che ha distrutto l'universo creando i pianeti.

Da allora la terra e gli altri pianeti camminano costantemente verso l'infinito senza però allontanarsi troppo l'uno dall'altro.

Il Big Bang risale più o meno all'epoca dei dinosauri, quando ancora non esisteva l'uomo.

La cosa curiosa è che il Big Bang ha creato l'infinito il quale però risulta essere finito. La soluzione di questo problema non è semplice.

F.V., 1ª liceo scientifico, Siena

La nascita

Per fare la nascita bisogna che la femmina di uomo sia incinta.

In realtà va bene anche la femmina di animale, l'importante è che abbia il pancione.

Il bambino viene costruito nella pancia della mamma. Prima viene fatta la testa, poi le braccia e così via.

Quando è pronto e ha bisogno di respirare viene buttato fuori attraverso il buchino che la mamma ha tra le gambe.

Certe mamme urlano perché la testa del bambino è troppo grossa e le fa male, altre invece no. Se per caso il bambino è troppo grosso bisogna tagliare la pancia alla mamma e prenderlo con le mani ma è meglio di no.

La cosa importante è tagliare il condotto ombelicale per evitare che la mamma e il bambino passino la vita attaccati.

Se il bambino appena nato piange vuol dire che è stato fatto bene altrimenti sono guai.

L.E., 3ª media, Brescia

Lo scheletro e le ossa

Le ossa sono l'impalcatura che impedisce al corpo di cadere per terra.

Partono dalla testa e si propagano fino ai piedi. Sono numerose e durissime, di colore bianco e non sono commestibili a parte l'osso buco.

Dentro alle ossa scorre il midollo osseo. Quando evapora ci si prende l'osteoporosi.

Tutte le ossa possono essere riparate, tranne il cervello perché non si può ingessare.

Quando le ossa sono tutte unite fra loro si può serenamente parlare di scheletro.

L'osso più importante è quello del collo perché se si rompe siamo fregati.

L.R., 2ª liceo scientifico, Roma

Il sangue

Quel liquido rosso che scorre sotto la pelle si chiama sangue.

È fatto di due globuli: i rossi e i bianchi.

Siccome i rossi sono più numerosi i bianchi non si vedono.

Il compito del sangue è quello di portare le malattie. Infatti non bisogna mai toccare nessun tipo di sangue altrimenti si rischia di prendere il colera.

Il sangue nasce dal cuore che lo manda dappertutto in dosi uguali. Se ne manda troppo da qualche parte succede l'infarto. Se ne arriva troppo in testa ci si arrabbia.

Se ci si taglia e si ha bisogno di sangue si può fare una transazione. Ti viene dato il sangue di qualcun altro e puoi ricominciare a camminare. Ma bisogna che il sangue sia simile altrimenti il trucco non funziona.

Quando il sangue finisce l'uomo muore.

D.G., 3ª media, Modena

La vista

La vista passa attraverso gli occhi. Senza gli occhi non si vede.

Ogni occhio è fatto da un iride, una papilla e numerose ciglia che servono a proteggere gli occhi dalle vespe. Se non bastano le ciglia ci sono le sopracciglia e gli occhiali da sole.

All'inizio dell'occhio c'è il bulbo oculare che è una specie di seme dal quale è cresciuto l'occhio.

Generalmente ogni persona ha due semi, quindi due occhi.

Se si stringono gli occhi si vede più preciso, se si allargano si vede tutto.

Se l'occhio diventa rosso serve il collirio e significa che hai guardato troppa televisione.

Quando la papilla si spegne significa che servono gli occhiali.

O.D., 3ª media, Milano

La pelle

Sopra ogni corpo si trova la pelle. Serve a nascondere gli organi interni e gli organuli.

La pelle si diffonde dalla testa ai piedi e ha sempre lo stesso colore.

Sulla pelle nascono i peli, che sono più lunghi sulla testa e fra le gambe.

La pelle è composta dai pori che buttano fuori il sudore quando fa caldo.

A seconda del paese in cui nasciamo abbiamo un diverso colore della pelle: gli Italiani ad esempio ce l'hanno rosa anche se ultimamente qualcuno ce l'ha nera.

La pelle non si perde mai, infatti se cade ricresce. Quando la pelle diventa vecchia si trasforma in cuoio.

P.G., 2ª media, Parma

La respirazione

Per vivere abbiamo bisogno di respirare a meno che non siamo pesci.

La respirazione si svolge nei polmoni. I polmoni sono composti da ventricoli.

I polmoni sono quegli organi che fabbricano l'ossigeno dopo avere respirato l'aria. Se l'aria è sporca i polmoni tossiscono e ne chiedono ancora.

Quando viene fatto l'ossigeno i

polmoni lo mettono nel sangue che lo porta a tutte le cellule perché possano restare vive. Quando muore una cellula significa che qualcosa è andato storto.

Nella respirazione c'è anche il naso che serve ad annusare l'aria. Se è buona viene respirata altrimenti si deve andare da un'altra parte.

Bisogna ricordarsi di non fumare le sigarette perché non producono aria pura e fanno venire un tumoraccio al polmone. Mia nonna l'ha avuto e adesso non c'è più.

P.V., 3ª media, Milano

La digestione

La digestione è il mezzo per espellere il cibo.

Ci sono vari modi di digerire, il più veloce è quello che parte dalla bocca.

Il cibo parte e viene masticato tramite i denti, scende attraverso la gola finché cade nello stomaco.

Qui ci sono numerosi succhi chimici che fondono il cibo e lo fanno diventare liquido. Una parte di questo liquido si trasforma in cellule che fanno crescere il corpo, un altro continua a scendere sull'intestino in direzione bassa.

Le cellule che nascono dal cibo vengono portate in giro per il corpo dal sangue che le depone nei posti dove c'è bisogno.

Le cellule sono di diversi tipi a seconda di quello che si è mangiato. Ad esempio per fare le cellule dei muscoli bisogna mangiare carne, per fare quelle del cervello serve il pesce.

È infatti importante mangiare in maniera diversa per costruire tutti i tipi possibili di cellule.

Quando andiamo in bagno la digestione è terminata.

E.V., 3ª media, Milano

La digestione (bis)

Con la digestione l'uomo consente di digerire bene ciò che ha mangiato. Prima si inserisce il cibo in bocca poi lo si mastica ed infine scende nel cavo digerente per essere macinato.

Quando arriva allo stomaco viene attaccato dagli acidi e dai batteri che lo sciolgono e lo inviano nel corpo per nutrirlo.

Il cibo che avanza o perché non è

commestibile o perché si è mangiato troppo diventa feci. In certi casi se si esagera può succedere di vomitare, allora il cibo esce per dove è entrato: la bocca.

C.T., 3ª media, Firenze

FILOSOFIA

La filosofia

Quando si passa il tempo a pensare senza lavorare o conquistare le donne si sta facendo la filosofia.

L'inventore della filosofia è stato Talete, quello che camminava per la Grecia con la testa in su cadendo in tutti i pozzi che incontrava.

Inizialmente il problema dei filosofi era di capire da dove venivano, poi si accontentarono di spiegare dove stavano andando.

I più famosi sono Socrate, Platone e Aristotele che erano figli l'uno dell'altro e propagandavano i loro pensieri.

Oggi i filosofi non esistono più perché si è scoperto che è meglio essere scienziati altrimenti si muore di fame.

E.G., Iª liceo scientifico, Jesi

Eraclito

Eraclito era un filosofo greco. Andava al supermercato con una lanterna gridando che cercava un uomo. In realtà non cercava proprio nessuno, era un modo di dire, però tutti pensavano che fosse pazzo.

Nei suoi libri pensa che ci sono due tipi di uomini: i filosofi e gli addormentati. Gli addormentati sono le persone normali che non capiscono niente e vivono come bestie senza fare domande. I filosofi sono quelli come lui che studiano tutto e la natura in particolare.

Dopo molti studi scoprì una cosa importante: i contrari. Senza i contrari le cose non esistono: il caldo e il freddo, il bello e il brutto e così via. Non era ricco ma una volta disse all'imperatore che con quei pochi soldi che si era messo da parte poteva comprarsi il sole, era un esempio, ma l'imperatore non capì e se ne andò via deluso.

L.P., 1ª liceo classico, Roma

Socrate e la matematica

I filosofi erano una popolazione che si estendeva nella Magna Grecia quando ancora doveva nascere Cristo.

Il loro re era Socrate che era il più intelligente di tutti e aveva numerosissimi discepoli che passavano il tempo a parlare e a meditare sulla fine del mondo.

Socrate fece numerose scoperte e inventò la parola tramite il dialogo.

Per questo viene ricordato ancora oggi.

L'arte dei filosofi era la maieutica che consisteva nel metodo di fare partorire le filosofe senza che provassero dolore. Oggi è una pratica superata perché esistono l'anestesia e i parti cesarei.

Socrate e i filosofi erano spesso in guerra con i sofisti perché non volevano conoscere loro stessi.

Uno dei figli di Socrate era Platone che era un invidioso. Infatti voleva rubare il potere al padre e così lo ubriacò di cicuta facendolo stramazzare al suolo.

Tuttavia non ebbe molta fortuna e infatti dopo di lui i filosofi si estinsero.

R.F., 2ª liceo classico, Viterbo

Platone

Quando morì Socrate il re dei filosofi divenne ovviamente Platone.

Scrisse numerosi libri tra cui l'Apologia di Socrate dove dimostrava che non era stato lui ad uccidere il padre ma che quello si era suicidato.

Questo libro diventò famoso e salvò la testa di Platone.

Diventò famoso perché faceva i dialoghi più lunghi dell'antichità e perché fondò l'Accademia della Crusca.

Platone aveva un figlio che chiamò ovviamente Plotino che come lui amava i dialoghi ed era abile nel circuire le persone.

Durante il suo regno i filosofi decisero, grazie a innumerevoli dialoghi, che l'anima era immortale ma il corpo no. Fu una scoperta rivoluzionaria.

Nella sua vita viaggiò molto perché voleva comunicare a tutti la lieta novella ma era un periodo dove era più importante fare le guerre piuttosto che sedersi sotto un fico a dialogare sicché non ebbe lo stesso successo del padre.

Un giorno durante una guerra fu rapito e fatto schiavo da Siracusa, ma siccome non era un buon lavoratore fu ben presto liberato e abbandonato nell'isola di Sparta dove morì solo.

P.L., Iª liceo classico, Trapani

RELIGIONE

La Bibbia

La Bibbia è il libro più vecchio che esista.

Lo ha scritto Gutemberg e dopo lo hanno copiato tutti. Parla della storia dei cristiani e comincia con Adamo ed Eva e la mela.

Nella Bibbia si parla quasi sempre degli ebrei che sono i preferiti di Dio. Però fino a un certo punto perché si arrabbia spesso con loro e li punisce.

Li manda in Egitto a fare gli schiavi e poi li fa sempre conquistare da altri re.

Mi dispiace un po' per gli ebrei.

La Bibbia si divide in due metà, quella vecchia e quella nuova che ha scritto Gesù Cristo sulla croce.

Il Papa dice sempre ai cristiani che devono leggere la Bibbia e fare come c'è scritto lì così diventano delle brave persone.

Il personaggio della Bibbia che mi ha più colpito è Giobbe, quello che poveretto aveva tutte le sfighe del mondo e non si lamentava mai. Poveretto.

E.G., 5ª elementare, Catanzaro

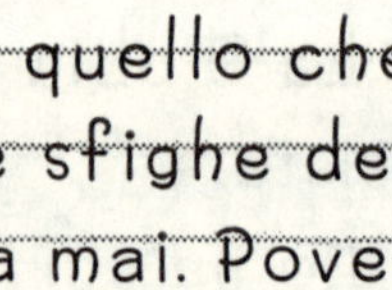

L'arca di Noè

Tantissimi anni fa Dio si arrabbiò con gli uomini e riempì la terra di acqua.

Praticamente pioveva tutti i giorni e i tombini non bastavano più. Voleva uccidere tutti, anche gli animali.

Gli unici che si salvavano erani i pesci.

Poi ci ripensò e chiamò un suo amico che costruiva barche e lo avvertì. Questo suo amico era Noè. Allora preparò una barca grandissima dove ci stavano tutti gli animali perfino gli elefanti. Però ne mise due per tipo così poi non litigavano. Non tutti son potuti entrare in questa barca e si sono dovuti estinguere, come i dinosauri.

Noè però per non stare solo si è portato i figli e qualche donna così poteva aspettare meglio che finisse l'acquazzone. Quando è tornato il sole tutti sono usciti dall'arca e sono andati nelle loro case e hanno ricominciato a girare per la terra. Così Noè ha salvato il mondo.

L.Z., 4ª elementare, Piacenza

I dieci comandamenti

I dieci comandamenti sono le regole che Dio ha dato a Mosè per vivere tranquilli.

Li ha scritti con il laser su una roccia perché non ce li dimentichiamo più.

Tutti quelli che non rispettano i comandamenti devono confessarsi altrimenti vengono mandati all'Inferno. Ovviamente prima devono essere morti.

Finché si è vivi si fa sempre in tempo a pentirsi.

Gli ebrei che vivevano da Mosè non li hanno rispettati e infatti Dio li ha costretti a camminare in tondo per l'Egitto per quarant'anni, poi gli ha mandato le pestilenze e li stava facendo annegare nel Mar Rosso se Mosè non lo svuotava.

Solo alla fine quando tutti si sono scusati Dio li ha perdonati e li ha messi in Israele dove li possiamo trovare anche oggi.

C.R., 1ª media, Milano

Gesù di Nazaret

Quando venne l'anno zero nacque Gesù.

Era figlio della Madonna e dello Spirito Santo, ma San Giuseppe non lo seppe mai.

Fu cresciuto in Israele e passò la vita a fare miracoli. Quello che preferiva era moltiplicare i pani e i pesci ai matrimoni. Resuscitò anche delle persone e curò molti malati ma a suo cugino Giovanni il Battista non volle riattaccare la testa che re

Erode gli aveva tagliato. Ancora oggi non si capisce il perché di questo mistero.

Siccome però stava esagerando con i miracoli, re Erode lo crocifisse insieme a due ladri.

Però mentre i ladri morirono Gesù no, si svegliò nella tomba e scappò via facendo preoccupare la Madonna che andava tutti i giorni a portargli da mangiare.

Dopo tre giorni andò da San Pietro e gli diede le chiavi di casa e da quel giorno nacque il cristianesimo.

T.O., 1ª media, Pozzuoli

Gli evangelisti

I quattro evangelisti sono quattro: Marco, Luca, Giovanni e Giacomo.

Sono dei giornalisti che hanno seguito Gesù durante la sua vita e lo hanno intervistato durante i suoi miracoli per preparare i vangeli.

Il vangelo più importante è la Bibbia che è stato scritto da Mosè, gli altri si diversificano gli uni dagli altri a seconda di chi intervistava il Salvatore.

Giovanni era un giornalista pessimista perché sosteneva che prima o poi il mondo sarebbe finito e ci sarebbe capitata l'Apocalisse. Fortunatamente si è sbagliato e per questo non è stato fatto santo.

Quando Dio ha scoperto che gli evangelisti scrivevano la vita del figlio si è arrabbiato così tanto che ha squarciato le tende del tempio di Nazaret.

L.A., 2ª media, Roma

San Paolo

Uno degli apostoli di Cristo era San Paolo.

Nacque nel Carso dopo la morte di Cristo e si sviluppò da ottimo romano.

Un giorno andando a cavallo cadde e si ruppe la testa.

Il colpo lo fece trasformare in cristiano. Decise che avrebbe combattuto gli atei e passò la vita a fuggire dalle persecuzioni dei cristiani e a scrivere lettere a tutte le persone che incontrava.

Essendo veramente un buon cristiano il Papa decise che doveva diventare santo e per questo lo circoncise.

Dopodiché, forse per invidia, lo fece crocifiggere a testa in giù dai romani che odiavano i cristiani perché non pagavano le tasse.

San Paolo si è tramandato a noi attraverso la Bibbia.

S.P., 3ª media, Trieste

Martin Lutero

Martin Lutero è stato l'inventore dei protestanti.

Era un contadino tedesco nato dopo Cristo famoso per le sue proteste. La principale che lo rese famoso fu contro il Papa e i preti che nel medioevo invece di dire la messa andavano a donnacce e si ubriacavano spesso.

Molti tedeschi si unirono alla sua protesta, anche perché Lutero prometteva a tutti che quando sarebbero morti avrebbero nuotato nel latte e conosciuto un sacco di belle donne.

Allora costruirono una chiesa e ci misero dentro gli Antipapi.

Il Papa reagì scomunicando tutta la Germania per colpa di Martin Lutero sperando che andassero all'Inferno.

I protestanti esistono anche oggi e sono famosi perché possono sposarsi e organizzare scismi. Oggi il più famoso protestante è Don Sante perché non gli fanno sposare la moglie.

C.F., 4ª ginnasio, Pesaro

Il Papa e la chiesa

Il Papa è il re della chiesa. Si veste di bianco e comanda tutti i preti.

Vive a Roma a San Pietro e ci sono tantissimi cristiani che vanno ad adularlo. La domenica all'ora di pranzo dice l'Angelo.

È lui che decide chi diventa vescovo e chi no, e tutti gli devono obbedire. L'unico che si è ribellato è Milingo, che era nero e si è sposato una cinese anche se i preti non lo possono fare.

Il Papa si è arrabbiato così tanto che Milingo adesso è sparito e non si fa vedere neanche per sbaglio.

Il primo Papa è stato san Pietro, l'ultimo è quello di adesso.

Viaggia in una macchinetta bianca con i vetri altissimi perché così non gli spara nessuno.

Infatti una volta al Papa Giovanni gli ha sparato un marocchino ma non l'ha centrato bene e il papa si è salvato.

Poi è morto di vecchiaia.

Quando devono eleggere un Papa tutti i preti vanno a Roma e fanno uscire dal palazzo dove si riuniscono un fumo bianco.

Allora è nato un nuovo Papa e tutti sono felici e contenti.

A.P., 3ª media, Udine

La cresima

La cresima è uno dei miracoli della religione cattolica.

Si fa quando si arriva in seconda media per dimostrare che si è veramente credenti.

La cresima viene fatta dal vescovo che ti dà uno schiaffo per punirti di tutti i peccati e poi ti mette l'olio in testa. Per essere cresimati bisogna assumere un testimone per ricordare al Signore che sei stato cresimato.

Io ho scelto come testimone mio fratello, anche se il parroco non voleva perché non va in chiesa.

Per fare la cresima bisogna essere battesimati e avere fatto la comunione altrimenti è vietata.

Una volta che sei cresimato non puoi più scappare dalla religione cattolica e devi rimanere cristiano per sempre.

F.A., 3ª media, Grosseto

TEMI LIBERI

Il 25 Aprile

Il 25 Aprile si celebra la vittoria dell'Italia nella seconda guerra mondiale. Per questo il Presidente della repubblica ha deciso che non bisogna andare a scuola ma mettere la bandiera italiana su tutte le finestre.

Gli unici che non festeggiano il 25 Aprile sono i veneziani e mio nonno. Infatti i veneziani devono fare la festa al leone di San Marco che è il Santo Patrono di Venezia mentre mio nonno dice che il 25 Aprile è la festa dei traditori che hanno ucciso Mussolini e lo hanno impiccato vivo su una forca.

Il 25 Aprile è una festa strana perché non si va a messa. Infatti quando c'è una festa di solito tutti si va in chiesa a ringraziare il Signore che non ci fa lavorare.

P.D., 3ª media, Nuoro

Il 1° Maggio

Il 1° Maggio avviene dopo la fine di Aprile.

È la festa dei disoccupati e tutti vanno in piazza a Roma a cercare lavoro ma spesso sono delusi.

Viene sempre organizzato un grande concerto per festeggiare la disoccupazione e le scuole vengono chiuse per solidarietà.

Il babbo dice che il capo del 1° Maggio è il presidente dei comunisti che sono dei fannulloni e cercano tutte le scuse per marinare il lavoro.

La cosa interessante è che se anche saltano il lavoro vengono pagati lo stesso.

La bandiera del 1° Maggio è assolutamente rossa ed è quella che usavano i partigiani per festeggiare quando trovavano lavoro.

Quando finisce il 1° Maggio si torna a scuola a meno che non succeda di sabato.

S.Z., 2ª media, Treviso

W

Il capodanno

A capodanno si fa un gran casino.

Siccome l'anno vecchio muore tutti ci ridiamo su e festeggiamo.

Poi il giorno dopo ne nasce uno nuovo per quello.

A casa mia si fa il cenone, con tutti che mangiano e bevono come matti e io mi diverto proprio.

La cosa brutta del capodanno è quando c'è il Presidente in televisione ed è noiosissimo.

Lo zio non lo vuole vedere perché dice che è cornuto ma io questi corni non li ho mai visti.

Però quando finisce di parlare ricomincia la festa e si aspetta la mezzanotte che è quando c'è la morte dell'anno.

Allora si mangia il panettone e si beve lo spumante. Io e mia sorella non possiamo perché siamo piccoli. Dopo la mamma ci manda a letto perché devono fare una festa da adulti che noi non possiamo.

F.L., 5ª elementare, Varese

Il mio fratellino

Il mio fratellino mi assomiglia da morire. Ha due braccia e due gambe e una testa ma questo è normale, però dicono che siano come le mie. Mi rende felice. È molto piccolo e dicono che cresce in fretta però io lo vedo tutti i giorni e se vedi una persona tutti i giorni non ti sembra che cresce.

Si chiama Alessandro, ma noi lo chiamiamo Sandrino, specie la nonna. La mamma allora dice che se lo voleva chiamare Sandrino lo chiamava Sandrino e sprizza di rabbia.

Non piange tanto, solo quando non gli diamo da mangiare, allora la mamma tira fuori le poppe e lo allatta. Quando è stufo non lo allatta più.

Dentro il letto gli abbiamo messo il carion così si diverte un poco anche lui.

Ieri gli è spuntato il primo dente e non è bello perché sembra uno degli amici del nonno che sono senza denti, ma per lui è il primo per fortuna.

Fra un po' il medico ha detto che saltano fuori gli altri. Speriamo non ci mettano tanto.

L'unica cosa che mi dà un po' fastidio è che non parla ancora. Magari si sveglia la settimana prossima o più avanti, insomma ci vuole un po' pazienza. Però gli voglio bene.

L.T., 4ª elementare, Roma

Mio nonno

Il nonno mio è vecchio decrepito. Quasi non c'ha più i denti anche se qualcuno in realtà lo si vede.

Ed è pure sordo così gli devo urlare dentro l'orecchio per salutarlo. Che ridere!

Si chiama Antonio ma tutti lo chiamano Toni, forse perché fanno prima.

Da giovane è nato, poi ha fatto la guerra e quando ha conosciuto la nonna se l'è sposata e non l'ha mollata più. La nonna e il nonno hanno fatto la mamma e lo zio. La mattina il nonno va al baretto del paese e con i suoi amici beve ombre. Poi arriva la nonna che gli urla nell'orecchio e va via.

Il lavoro del nonno era calzolaio, cioè il riparatore di scarpe. Adesso è in pensione e nel suo negozio ci sta un altro baretto. Praticamente qua a Treviso ci sono sempre baretti pieni di nonni come il mio che stanno insieme e si divertono finché le nonne non si arrabbiano.

Il mio non so quanto dura ancora, però la nonna dice che l'erba cattiva non muore mai, quindi sto tranquillo.

M.M., 5ª elementare, Campobasso

Le mie vacanze

Quest'estate sono stato in vacanza al mare.

La capitale che abbiamo scelto è Rimini.

Il mare non era bellissimo e non ho visto neanche tanti pesci perché l'acqua era inquinata. La mamma dice che succede così perché gli abitanti buttano le monnezze in mare.

Io non capisco perché a Rimini sono così maleducati.

La sera c'erano tante luci e tanta gente e il papà ha mangiato tantissime piadine e poi però ha vomitato.

La mamma gli urlava che era un maiale e stupido ma la colpa secondo me è delle piadine. Comunque io non le ho mangiate.

Quando siamo dovuti partire è successo che la macchina non andava e la mamma ha ricominciato ad urlargli al papà, così è venuto il nonno a prenderci.

L'anno prossimo la mamma ha detto che andiamo in montagna.

N.D., 1ª media, Spoleto

La mia città

Sono un bambino sfortunato perché vivo a Napoli.

La mamma dice che è la città più bella del mondo perché ci sono il mare e il Vesuvio ma io non sono d'accordo.

Infatti è sempre piena di spazzatura perché i napoletani non usano i cassonetti e noi bambini non possiamo mai giocare per strada perché c'è puzza.

Quando vado in vacanza i miei amici di Milano mi chiamano terrone e dicono che noi non abbiamo voglia di lavorare e gli rubiamo i soldi. Però mio papà non gli ha mai rubato niente a loro. Sarà stato qualche mio parente che non conosco.

La cosa che più mi piace della mia città è lo stadio dove gioca il Napoli perché ci vado la domenica con tutta la famiglia e lì possiamo fare tutto quello che vogliamo perché nessuno dice niente. È divertentissimo.

V.R., 2ª media, Bologna

La mia squadra del cuore

La mia squadra del cuore è la Juventus. Ci tifo perché me l'ha insegnato il babbo e anche il nonno che guardano tutte le partite.

Non mi piacciono tanto i colori, però non li posso cambiare io anche se mi piacerebbe. Quando ci sono le partite non sono felice perché non riesco a dormire perché il babbo fa tanto casino e la mamma si chiude in cucina.

Quest'anno il babbo è arrabbiato perché la Juventus non può giocare con il Milan perché Moggi ha preso il Milan e altre squadre e se le è fregate via tutte.

Quando è bello vado allo stadio con il babbo e lì posso urlare e dire le parolacce e non mi rimprovera nessuno.

Quando c'è il gol tutti urlano tantissimo, però non sempre perché se non è nostro tutti sono tristi.

Il nostro vicino di posto tira tante bestemmie sempre e il babbo mi dice che non devo imparare, però poi le tira pure lui.

Quest'estate con la mia famiglia andiamo in montagna dove ci sono i giocatori della Juventus in vacanza così il babbo sta buono e gioca con loro mentre io e la mamma andiamo a mirtilli.

S.R., 3ª media, Roma

La mafia

La mafia è un'organizzazione di siciliani che non hanno voglia di lavorare ma amano la bella vita.

Vivono a Cosa Nostra e non sono reperibili.

Chi fa la mafia è un mafioso.

Per fare la mafia occorre sapere fare i pizzini ed ammazzare i poliziotti, anche quando non c'entrano niente.

La mafia comprende la droga, le prostitute e i politici.

Il mafioso più famoso era Totò Riina ma adesso vive in carcere. Il capo della mafia comanda i piccioni che obbedisconо sempre.

Quando arriva la polizia i mafiosi corrono su per i boschi e si nascondono tra le capre così evitano il carcere.

Ultimamente si sono messi a fare la mafia anche i napoletani e la usano per non buttare via la spazzatura.

Infatti in giro per Napoli non si pùò camminare perché ci sono rifiuti dappertutto tranne davanti alla casa del sindaco.

M.O., 3ª media, Andria

La corrida

In Spagna per diventare mattatori bisogna partecipare alla corrida.

Si tratta di un gioco a cui partecipano uomini e tori e l'obbiettivo è prendere l'animale per le corna usando frecce e bastoni.

Il WWF è contrario alla corrida perché sostiene che i tori servono per fare incinte le mucche ma gli spagnoli se ne fregano, tanto di mucche sono pieni lo stesso.

Anche il re di Spagna gioca alla corrida ma ai tori è vietato incornarlo.

Tutti possono partecipare alla corrida se vogliono, anche gli spettatori, basta che urlino e facciano vedere i fazzoletti rossi al toro così diventa rabbioso e uccide tutti quelli che vede.

Se incontriamo un toro in Spagna l'importante è non essere vestiti di rosso così il toro si calma, bruca l'erba e noi possiamo passare.

T.E., 3ª media, Roma

INDICE

Introduzione *di John Beer*

STORIA DELL'ARTE

SCIENZE

FILOSOFIA

RELIGIONE

TEMI LIBERI

Finito di stampare nel dicembre 2009 presso
il Nuovo Istituto Italiano d'Arti Grafiche - Bergamo
Printed in Italy

RCS Libri
ISBN 978-88-17-02651-2